AF603097

Collection de M. M***

ESTAMPES

ANCIENNES

VENTE

Les Vendredi 5 et Samedi 6 Mars 1869

A une heure

EXPOSITION PUBLIQUE

Le Jeudi 4 Mars 1869, de une heure à quatre heures

Me DELBERGUE-CORMONT
COMMISSAIRE-PRISEUR

M. ROCHOUX
MARCHAND D'ESTAMPES

PARIS — 1869

RENOU & MAULDE

Imprimeurs de la Compagnie des Commissaires-Priseurs,

RUE DE RIVOLI, 144

CATALOGUE

DES

ESTAMPES

ANCIENNES

Composant la Collection de M. M***

PIÈCES

De Aldegrever, S. Beham, Callot, Albert Durer, Lucas de Leyde
Israël van Mecken, George Pencz
Marc-Antoine Raimondi, Rembrandt, Martin Schongauer, etc.

VUES DE PARIS, PAR ISRAEL SILVESTRE

PORTRAITS

Par Jacques Binck, Léonard Gaultier, Thomas de Leu, Rabel
Valdor, Antoine, Jean et Jérôme Wiérix, etc.

HOTEL DES COMMISSAIRES-PRISEURS

RUE DROUOT, 5, SALLE N° 7

Les Vendredi 5 et Samedi 6 Mars 1869

A UNE HEURE PRÉCISE

Me DELBERGUE-CORMONT, Commissaire-Priseur,
rue de Provence, 8,

Assisté de M. **ROCHOUX**, Marchand d'Estampes,
quai de l'Horloge, 19,

CHEZ LESQUELS SE DISTRIBUE LE CATALOGUE.

EXPOSITION PUBLIQUE

Le Jeudi 4 mars 1869, de 1 heure à 4 heures

PARIS — 1869

ORDRE DES VACATIONS

PREMIÈRE VACATION	N°s 1 à 190
DEUXIÈME VACATION	N°s 191 à 384

CONDITIONS DE LA VENTE

Elle sera faite au comptant.

Les Acquéreurs paieront CINQ POUR CENT en sus du prix d'adjudication.

Ce Catalogue comprend les pièces des maîtres anciens qui sont la première partie de la Collection de M. M***.

La seconde partie, qui se compose de portraits et vignettes pour l'illustration, fera l'objet d'une deuxième vente qui aura lieu dans le courant de mars ou d'avril.

Nous croyons utile de rappeler que personne n'a mis plus de soin que M. M*** dans le choix des épreuves, et que des morceaux très-précieux et de *la plus grande rareté* se trouvent dans l'une et l'autre partie de sa Collection.

DÉSIGNATION

1 **Aldegrever** (Henri). Histoire de Suzanne. B. 30-33. *Le numéro 30 manque*. 3 pièces. Très-belles ép.

2 — Le bon Samaritain; des Voleurs dépouillant un homme. 40. Le bon Samaritain le place sur sa mule. 42. 2 pièces. Très-belles ép.

3 — La Mort du mauvais riche. 46. Ép. superbe.

4 — Titus Manlius faisant trancherla tête de son fils. 72. Très-belle ép.

Dans cette pièce qui date du xvie siècle on voit figurer une guillotine comme instrument de supplice.

5 **Aldtorfer** (Albert). Samson portant sur ses épaules les portes de la ville. B. 2. Belle ép.

6 **Anonymes**. Michel-Ange Buonarotti; beau petit portrait. Superbe ép. avant toute lettre.

7 — Théodore de Bèze, in-4. Très-belle ép.

8 — François de Valois, duc d'Alençon, frère de Henri III; charmant petit portrait. Ép. superbe.

9 — Charles de Lorraine, duc de Mayence. Petit in-4. *Rare*. Très-belle ép.

10 — Honoré D'urfé auteur de l'*Astrée*, et sa Maîtresse. 2 p. in-8. Très-belles ép.

11 — Pierre Ronsard, poëte, in-8. Belle ép.

12 — Nicolas Flamel, in-8. Très-belle ép.

13 — Jacques de Lalain, chevalier de l'ordre de la Toison-d'Or, in-8. *Rare*. Très-belle ép.

14 — Le chevalier Bayard, in-4. Très-belle ép.

15 — Isaac Hilaire de Rivière, poëte, in-8. Très-belle ép.

16 — Henri III, in-8.

17 — XVIe siècle. Le Jugement de Salomon ; belle composition d'un grand nombre de figures. Très-belle ép.

18 — Jésus et les Pèlerins d'Emmaüs ; jolie petite eau-forte.

19 **Beham** (Sebald). Adam et Ève au milieu desquels on voit la Mort. B. 6. Très-belle ép.

20 — Moïse et Aaron. B. 8. Magnifique épreuve.

21 — Job s'entretenant avec ses amis. 16. *Extrêmement rare de cette beauté.*

22 — Les Noces de Cana. B. 23. Très-belle ép.

23 — Jésus et la Samaritaine. 24. Copie trompeuse dans le sens de l'original. Très-belle ép.

24 — L'Enfant prodigue gardant les pourceaux. 33. Retour de l'Enfant prodigue. 34. Cette dernière, très-belle ép.

25 — L'Enfant prodigue gardant les pourceaux. 35. *Rare*. Très-belle ép.

26 — Les Evangélistes. 55-58. Suite de 4 estampes. Ép. superbes.

27 — Combat à cheval entre Achille et Hector. 68. Très-belle ép.

28 — Combat entre les Grecs et les Troyens. 60. Tres-belle ép.

29 — Le Jugement de Pâris. 89. Magnifique ép. avec une petite marge.

30 — Hercule terrassant le lion de la forêt de Nemée. 106. Très-belle ép.

31 **Bella** (Et. de la). Le Pont-Neuf, la Place Royale. 2 charmantes petites pièces. *Rares*. Très-belles ép.

32 — 2 Petits Paysages avec figures. Très-belles ép.

33 **Bergh** (Mathieu Van den). Jansénius, évêque d'Ypres. Belle et curieuse épreuve terminée à la plume et au lavis par l'auteur. *Rare*.

34 **Binck** (Jacques). Claude de France, première femme de François Ier. B. 90. Charmant petit portrait, *rare*. Très-belle ép.

35 **Boissieu**. Entrée de la Forêt de Fontainebleau, sur la route de Lyon. Très-belle ép.

36 — *Ex libris H. Souchay*. Charmante petite pièce. Très-belle ép.

37 **Broshamer** (Hans). Dalila coupant les cheveux de Samson. B. 1. Jolie pièce. Très-belle ép.

38 — Betshabé au bain. 3. Très-belle ép. d'une jolie pièce.

39 **Callot** (Jacques). Le Passage de la mer Rouge *M*. 1. Très-belle ép. du 1er état.

40 — L'Enfant Jésus. 3. Très-belle ép. du 2e état.

41 — Le Massacre des Innocents. 1re planche gravée à Florence. 5. Fort jolie pièce. Très-belle ép. du 1er état avant toute lettre. *Rare*.

42 — Le Portement de croix. 17. Le Crucifiement. 18. 2 pièces. Très-belles ép. du 1er état.

43 — Les Mystères de la Passion de Notre-Seigneur, et la Vie de la Vierge. 31-36. Suite de 20 pièces superbes ép. du 1er état avant toute lettre, tirées sur trois planches. *Très-rares. Le titre n. 31 manque.*

44 — Le Nouveau Testament. 37-47. Suite de 11 pièces. Très-belles ép. du 1er état. *Le titre manque.*

45 — Les nos 77, 78, 79 et 86 de la Vie de la Vierge. Très-belles ép. du 1er état.

46 — Judith. 91. Très-belle ép. du 1er état avant toute lettre.

47 — Conversion de saint Paul. 97. Très-belle ép. du 1er état.

48 — Saint Jean dans l'île de Pathmos. 102. Très-belle ép. du 2e état. *Rare.*

49 — Martyre des Apôtres. 120-135. Suite de 16 pièces. Très-belles ép. du 1er état. *Rare.*

50 — Martyre de saint Sébastien. 137. Belle ép. du 1er état collée en plein.

51 — Les Péchés capitaux. 157-163. Suite de 7 pièces. Très-belles ép. du 1er état, à l'exception du no 157, l'Orgueil, qui compte quatre états et qui est du 2e.

52 — Les grandes Misères de la guerre. 564-581. Suite de 18 pièces. Très-belles ép. avant que les mots *Israël excudit* aient été enlevés, remontées à claire-voie.

53 — Les Exercices militaires. 582-594. Suite de 13 pièces. Très-belles ép. du 1er état avant les numéros.

54 — La Rencontre à l'épée, la Rencontre au pistolet. 595-596. 2 jolies pièces, superbes ép. du 1er état.

55 — Le Parterre de Nancy. 622. Très-belle ép. du 1er état.

56 — Les Bohémiens. 667-670. Suite de 4 pièces. Belles ép.

57 — Fantaisies. 868-881. Suite de 14 pièces, des plus jolies du maître. Très-belles ép. du 1er état. Le titre est avant toute lettre. *Très-rare.*

58 — 2 pièces des Tableaux de Rome.

59 **Châtillon**. Le Château de Clermont en Lorraine, de Pierre en Size à Lyon. 2 pièces.

60 — Grotte de Meudon ; Château de Rosny, Montmor. 3 pièces.

61 — Saint-Maissant ; Méry-sur-Seine, Château-Chinon. 3 pièces.

62 — Le fort et inaccessible château de Miolant, Ville et Citadelle de Bourg en Bresse, Ville, Château et Donjon de Moret. 3 pièces.

63 — Le Château de Chaumont, la Ville de Beauvais. 2 pièces.

64 — Rocroy, Mezières, Hedain, Mouzon, Antrein. 5 pièces.

65 — Les Ville et Château de Rethel ; la Ville de Dinan. 2 pièces.

66 — Pont-de-l'Arche ; Abbaye et Forteresse de Sainte Catherine près de Rouen. 2 pièces.

67 — La Ville de Corbeil ; Ville et Château de Pontoise ; Ville et Citadelle de Noyon. 3 pièces.

68 — Château de l'ancien comté de Sancerre.

69 — Ville et Château de Houdan.

70 — Vue de Sezanne en Brie.

71 — Vue de Reims.

72 — Vue d'Abbeville.

73 — Vue de Compiègne.

74 — Vue de Lagny-sur-Marne.

75 — Vue de Crespi en Valois, de Chauny. 2 pièces.

76 **Claas**. David tenant la tête de Goliath. Très-belle ép.

77 **Collaert** (Adrien). Divinités de la Fable avec entourage ornementé. 6 belles pièces, ép. superbes. Deux de ces pièces sont tachées.

78 **Collaert** (Jean). Femmes de la Bible. 20 pièces, plaquette in-4, d.-rel.

79 **Compton Holland** *excudit*. Elisabeth, reine d'Angleterre, in-8, *rare*. Très-belle ép.

80 **Cranach** (Lucas). Martin Luther. B. 5. Belle ép.

81 **Delaulne** (Etienne). Henri II, roi de France, beau portrait. Petit in-4. *Rare*. Très-belle ép.

82 — Arabesques sur fond noir. 11 pièces. Très-belles ép.

83 — Un Fleuve. Très-belle ép. d'une jolie petite pièce.

84 — Les Livres d'Homère, d'ap. Marc-Antoine. Très-belle ép.

85 **Dubois** (B). Tobie et l'Ange. R. D. 6, *Rare.* Très-belle ép. *Des cabinets Borduge et Camberlyn.*

86 **Ducerceau.** Petites Arabesques. 2 pièces.

87 **Durer** (Albert). La Nativité. B. 2. Très-belle ép.

88 — Le Portement de croix. B. 12. Ép. superbe.

89 — La sainte Face. B. 25. Très-belle ép. Les quatre coins sont refaits.

90 — La Vierge couronnée par deux Anges. B. 39. Très-belle ép.

91 — Saint Thomas. B. 48. Ép. superbe signée au verso : *P. Mariette, 1664.*

92 — Saint Jérôme dans sa cellule. 60. Belle ép.

93 — L'Enlèvement d'Amymone. 71. Très-belle ép. *de la collection Donnadieu.*

94 — La Mélancolie. 74. Superbe ép. collée en plein.

95 — L'Oisiveté. 76. Très-belle ép.

96 — La Justice. B. 79. Ép. superbe.

97 — Les Armoiries à la tête de Mort. 101. Très-belle ép. mal conservée.

98 — Philippe Melanchton. B. 105. Ép. superbe.

99 **Faithorne.** Olivier Cromwel, charmant petit portrait. *Très-rare*, ép. superbe.

100 **Firens** (P.) *excudit 1610.* Le portrait du défunt roi Henri le Grand IVe du nom, roi de France et de Navarre, en son lit de deuil. Pièce des plus curieuses au point de vue historique, exécutée l'année même de la mort de Henri IV, *extrêmement rare.* Ép. superbe et d'une conservation parfaite.

101 **Gaultier** (Léonard). Jeanne-d'Arc à cheval, in-8. Très-belle ép.

102 — 1604. Henri de Bourbon prince de Condé à l'âge de 16 ans. Charmant portrait in-8. Très-belle ép.

103 — Brulart de Sillery, chancelier de France, in-8. Très-belle ép.

104 — Nogaret de la Valette, duc d'Epernon, dans une bordure ovale entourée d'ornements, in-8. *Très-rare.* Belle ép.

105 — Henri de Gondy, évêque de Paris, in-8. Ép. superbe.

106 — Henri IV à cheval, in-8. Ép. superbe.

107 — Marie de Médicis en veuve, charmant petit portrait. *Très-rare.* Ép. superbe.

108 — Nicolas Lefèvre, précepteur de Louis XIII, in-8. Très-belle ép.

109 — Saint Louis roi de France, in-4. Très-belle ép.

110 — Louis XIII enfant, in-8. *Rare.* Très-belle ép.

111 — Mme la duchesse de Nemours, petit in-4. *Rare.* Très-belle ép.

112 — Henri d'Orléans, duc de Longueville, in-4. Très-belle ép.

113 — Etienne Pasquier, in-8. Très-belle ép.

114 — Le révérend père François Petit, supérieur général de l'ordre de la Sainte-Trinité, in-4. Très-belle ép.

115 — Torquato Tasso, couronné de laurier, charmant petit médaillon. Très-belle ép.

116 — Antoine de Bourbon, roi de Navarre ; Robert Etienne ; Michel Nostradamus ; Melin de Saint-Gelais ; Blaise de Montluc ; Philippe Chabot, amiral de France ; Philippe de Commines ; Louis de Lorraine comte de Vaudemont ; Charles de Lorraine, cardinal ; Odet de Foix de Lautrec, etc. 32 petits portraits tirés de la chronologie collée. Très-belles ép.

117 — Senèque. 2 portraits. Très-belles ép. Autre Personnage. 3 pièces.

118 — 1607. Vue de Paris. Très-belle ép.

119 **Geerarts** (Marc). Arabesques. 6 pièces. *Rares*. Très-belles ép.

120 **Gelée** (Claude). La Danse sous les arbres. R. D. 10. Ép. collée en plein et remargée.

121 **Gheyn** (J. de). Henri IV, roi de France ; charmant petit portrait coupé autour de l'ovale, remonté avec une bordure d'entourage exécutée à la plume.

122 — Hugo Grotius enfant ; charmant petit portrait. Très-belle ép.

123 — Philippe Marnix de Sainte-Aldegonde, disciple de Calvin ; charmant petit portrait. Ép. superbe.

124 **Ghisi** (George). La Victoire. B. 34. Ép. superbe.

125 **Goltzius** (Henri). La Passion. B. 27-38. Suite de 12 pièces. Très-belles ép.

126 — Henri IV roi de France. B. 174 ; charmant petit portrait. Ép. superbe. Il est coupé autour de l'ovale, remonté et entouré d'une bordure faite à la plume.

127 — Un Officier de guerre tenant un drapeau. B. 218. Ép. superbe.

128 — François Draeck, médaillon ovale avec entourage ornementé, in-4. Très-belle ép.

129 — La Vierge tenant le corps de Jésus sur ses genoux, copie trompeuse. Très-belle ép.

130 **Goudt** (Comte de). Décollation de Saint-Jean-Baptiste. Ép. superbe.

131 **Granthomme** (Jacques). Elisabeth, reine de France, femme de Charles IX, petit in-4. *Rare*. Très-belle ép.

132 — Henri IV coiffé d'un chapeau, dont le bord est relevé sur le devant, in-8. Très-belle ép.

133 **Hecke** (Abraham Van). Orphée aux Enfers ; l'Olympe. 2 pièces. Très-belles ép.

134 **Hondius** (Jodocus). Henri IV, roi de France, charmant petit portrait. *Rare*. Très-belle ép.

135 — Clément Marot, poëte, in-4. Très-belle ép.

136 **Hopfer**. Alexandre VI pape, in-8. Très-belle ép.

137 **Houve** (Paul de la) Charles de Bourbon, comte de Soissons, in-8. Très-belle ép.

138 — Henri IV, in-8. Très-belle ép.

139 — Henri duc de Montpensier, in-8. Très-belle ép.

140 **Huret** (Grégoire). Marie Suart reine de France et d'Ecosse, in-4. *Rare*. Très-belle ép.

141 **I. B.** (Maître au monogramme). Le Joueur de Cornemuse. B. 36. Pièce ronde. Très-belle ép.

142 **Isac** (Jaspar). Charlotte-Catherine de La Tremouille, princesse douairière de Condé, in-8. *Rare*. Très-belle ép.

143 — Le Connétable Bertrand Duguesclin, in-4. Très-belle ép.

144 **Jacquart**. Médaillons ovales avec entourage ornementé. 3 pièces.

145 **Janssen**. Les Noces de Cana, médaillon ovale avec entourage ornementé. *Rare*. Mal conservée.

146 — Arabesques. 2 pièces. *Rares*.

147 **Lasne** (Michel). Scudéri dans un ovale entouré d'une bordure sur laquelle on lit cette inscription : *Et poëte et guerrier, il aura du laurier*, in-4. *Extrêmement rare*. Très-belle ép.

148 — Nicolas de Neufville seigneur de Villeroy, in-8. Très-belle ép.

149 **Leclerc** (Jean) *ex*. François de Bourbon, prince de Conti, in-8. Très-belle ép.

150 — Henri de Savoie duc de Nemours, in-8. Très-belle ép.

151 **Lepautre**. Vue de Paris vers 1650. Au milieu du haut, saint Denis dans un médaillon ornementé. Très-belle ép.

— Autre petite vue de Paris dans un cartouche ornementé ; dans le haut saint Denis dans un médaillon soutenu par des Anges.

152 **Leu** (Thomas de). Le chevalier d'Aumale, in-8. *Rare*, Ép. faible.

153 **Leu** (Thomas de). Henriette de Balzac ; charmant portrait in-8. Superbe ép. *Très-rare.*

154 — Charles Gontaut de Biron, maréchal de France, in-8. Ép. superbe.

155 — Le Connétable de Bourbon, in-8. Ép. superbe.

156 — Barnabé Brisson, président au Parlement de Paris. petit in-4. *Rare.* Très-belle ép.

157 — Louise de Budos, femme de M. le connétable, in-8. Belle ép.

158 — Charles IX, roi de France, in-8. Très-belle ép. avant la retouche. *Rare.*

159 — Charles IX roi de France, charmant petit portrait. *Extrêmement rare.*

160 — Elisabeth d'Autriche, femme de Charles IX, petit portrait. *Très-rare.*

161 — François Ier, roi de France, première et superbe ép. avant la retouche. *Très-rare.*

162 — François II, roi de France, in-8.

163 — Catherine de Bourbon sœur unique du roi Henri IV ; charmant petit portrait in-8. *Extrêmement rare de cette beauté.*

164 — Henri IV. Petit in-4, dans une bordure ovale, dans la marge du bas quatre vers commençant ainsi :
Cet honneur des Bourbons, Mars dedans les alarmes.
Très-rare. Magnifique ép.

165 **Leu** (Thomas de). Henri IV d'après Quesnel ; il est coiffé d'un chapeau avec plumes sur le devant; in-4, dans une bordure ovale, avec fond parsemé de fleurs de lis ; dans une tablette au bas, quatre vers commençant ainsi :
Ce monarque français tout gravé de victoire. Rare Très-belle ép.

166 — Henri IV ; il est représenté portant la couronne, et tenant le sceptre de la main droite. Dans la marge du bas, quatre vers commençant ainsi :
Le sceptre en main, au front j'ai la couronne, charmant portrait in-8. *Extrêmement rare*. Superbe ép.

167 — Henri IV, avec le collier de l'ordre du Saint-Esprit ; au bas quatre vers commençant ainsi : *Après avoir vaincu les plus braves guerriers*. In-4. Très-belle ép.

168 — Henri IV, assis sur des trophées, in-4. Très-belle ép.

169 — Marie de Médicis, reine de France, dans une bordure ovale entourée de guirlandes de fleurs, in-8. *Rare*. Très-belle ép.

170 — Anne duc de Joyeuse, in-8. Belle ép. avant la retouche.

171 — François de Bonne de Lesdiguières, in-8. Belle ép.

172 — Henri de Lorraine duc de Guise, in-8.

173 — Henri prince de Lorraine, marquis du Pont, in-8. Très-belle ép.

174 — Louis de Lorraine, cardinal de Guise, in-8.

175 **Leu** (Thomas de) Henri de Montmorency, connétable de France, in-8. Belle ép.

176 — Anthonius de Murat, senator parisiensis, in-8. Ép. superbe. Au dos la signature de *P. Mariette*, *1694*.

177 — Charles Gonzague, duc de Nevers, in-8. Très-belle ép.; au verso, la signature de *P. Mariette*, *1679*.

178 — Charles-Emmanuel duc de Savoie, in-8. Très-belle ép.

179 — Louis Servin, avocat général au Parlement de Paris, in-8. Première et superbe ép. avant la lettre dans la marge du haut.

180 — Philippe de Strossy, colonel de l'infanterie de France, in-8. Très-belle ép.

181 — Blaise de Vignère, Bourbonnais, in-8. Ép. d'une rare beauté.

182 **Leyde** (Lucas de). Ève créée pendant le sommeil d'Adam. B. 1. Très-belle ép.

183 — Adam et Ève fugitifs. B. 11. Ép. superbe.

184 — Loth et ses Filles. 16. Très-belle ép.

185 — Joseph en prison expliquant les songes de deux officiers du roi. B. 22. Très-belle ép.

186 — Saint Joachim et sainte Anne. B. 34. Ép. superbe.

187 — Le Baptême de Jésus-Christ. B. 40. Belle pièce, ép. superbe. Signée au verso : *P. Mariette*, *1693*.

188 — Saint Christophe. B. 109. Copie dans le sens contraire de l'original.

189 — Marie Madeleine se livrant aux plaisirs du monde ; pièce connue sous ce titre : *La Danse de la Madeleine*, 122, l'un des plus beaux morceaux et des plus recherchés du maître. Très-belle ép. un peu rognée vers la droite. Les coins du haut, et celui du bas à droite sont refaits. Il existe une déchirure à gauche.

190 — Sainte Madeleine debout sur des nuages. B. 124. Ép. superbe.

191 **Mallery** (Charles de). Allard, auteur de la *Gazette française*, d'après Demoustier, in-8. *Rare*. Très-belle ép.

192 — Pierre de Ribadeneyra, de la Société de Jésus, in-8. Très-belle ép.

193 — Jésus portant sa croix. Très-belle ép.

194 **Mathonière** *ex*. Henri de Bourbon prince de Condé, in-4. Très-belle ép.

195 **Matsys** (Corneille). Ernest comte de Mansfeld et Dorothée son épouse. B. 57. Avec entourage ornementé.

196 **Mechelen** (Jean van). Urbain VIII pape, petit in-4. Très-belle ép.

197 **Mecken** (Israël van). Rinceau d'ornements où est représenté l'arbre de Jessé ou la généalogie de Jésus-Christ. B. 202. *Rare*. Ép. superbe.

198 **Neyts**. Le jeune Tobie. B. 4. Très-belle ép. d'un joli paysage.

199 **Nielle**. XVIe siècle. Jupiter et Leda dans un médaillon rond; aux quatre coins une figure avec arabesques. *Rare*.

200 **Osmant Want**. Charles de Bourbon, cardinal archevêque de Rouen, in-8. Très-belle ép.

201 **Pass** (Crispin de). Joseph Scaliger, in-8. Très-belle ép.

202 — Les Apôtres. Suite de 14 pièces. Les nos 1 et 3 manquent.

203 **Pass** (Manière de Crispin de). Ravaillac; il est représenté dans une bordure ovale, tourné à gauche, et levant de la main droite un couteau. Au milieu du haut on voit un hibou; les coins du haut et du bas sont occupés par quatre médaillons ronds; dans celui du haut à gauche, Scène de l'assassinat de Henri IV, à droite, Ravaillac mis à la torture; au bas à gauche, il est tiré à quatre chevaux; à droite on le voit au milieu du bûcher. Portrait in-4. *Très-rare.*

204 **Penez** (George). Abraham prêt à sacrifier Isaac. B. 5. Très-belle ép.

205 — Histoire de Joseph. B. 9-12. Suite de 4 estampes. Très-belles ép. à l'exception du no 10 dont l'épreuve est plus faible.

206 — L'Ange Raphaël près de Tobie. 16. Belle ép.

207 — Loth et ses Filles. 20. Très-belle ép.

208 — Le Jugement de Salomon. 23. Très-belle ép.

209 — Holopherne, à table avec Judith. 24. Judith accompagnée de sa servante qui porte la tête d'Holopherne. 25. 2 pièces. Très-belles ép.

210 — Susanne et les Vieillards. 27. Très-belle ép.

211 — Dalila coupant les cheveux de Samson. 28. Très-belle ép.

212 — Jésus entouré de petits enfants. B. 56. Très-belle ép.

213 — Nourrir ceux qui ont faim. 58. Belle ép.

214 — La Mort du mauvais riche. 66. Belle ép.

215 — Tarquin et Lucrèce. 78. Très-belle ép.

216 — Virgile exposé dans un panier. 87. La Courtisanne punie. 88. 2 pièces. Belles ép.

217 **P. V. L.** (Maître au monog.). Les Joueurs de dés; jolie composition de plusieurs figures, pièce ronde, *rare*. Très-belle ép.

218 **Rabel** (Jean). Remi Belleau, poëte français, in-8. *Extrêmement rare*. Très-belle ép.

219 **Rabel** (Manière de). Louise de Lorraine, femme de Henri III, coupée autour de l'ovale; charmant petit portrait. *Rare*.

220 **Raimondi** (Marc-Antoine). Le Massacre des Innocents. B. 18. Très-belle ép. collée en plein avec quelques restaurations.

221 — Jésus-Christ dans le Tombeau, d'ap. Raphaël. B. 36. *Rare*. Très-belle ép.

222 — Ananie frappé de mort. 42. Superbe ép. (*des collections Sykes, W. Esdaille et Thorel*).

223 — La Vierge à la longue cuisse. 57. Superbe ép. (*de la collection Thorel*).

224 — L'Enlèvement d'Hélène, gravé par Marc de Ravenne. 210. Très-belle ép.

225 — Danse de faunes et de bacchantes. 250. Moitié de cette estampe formant la partie gauche. Très-belle ép.

226 — Le Faune et le Tigre. 307. Belle ép.

227 — Les Trois Grâces. 340. Très-belle ép. collée en plein, restaurée.

228 — Jupiter embrassant l'Amour qui vient lui demander la grâce de Psyché. 342. Très-belle ép. avec quelques restaurations.

229 — Cupidon et les trois Grâces. 344. Très-belle ép. avec quelques restaurations.

230 — Mars, Vénus et l'Amour. 345. Très-belle ép.

231 — Galatée. 350. Très-belle ép. avec quelques restaurations.

232 — Le *Quos ego* ou Neptune apaisant la tempête. 352. Belle ép. avec l'adresse de Ant. Salamanca.

233 — La Tempérance, gravé par Augustin Venitien. 358. Très-belle ép.

234 — La Prudence. 392. Très-belle ép. restaurée.

235 — Les deux Hommes nus, debout. 464. Très-belle ép. collée en plein, avec quelques restaurations.

236 — Portrait de Raphaël. B. 496. *Rare*. Belle ép.

237 **Raimondi** (Marc-Antoine) *et ses élèves*. L'Histoire de Psyché ; suite de 32 pièces, d'ap. Raphaël, dont 28 *sont avant l'adresse de Salamanca*. Dans un certain nombre la tablette du bas contenant le texte a été coupée et rapportée.

238 **Regnesson** (N.). La Duchesse de Longueville, d'ap. Chauveau, in-4, *rare*. Le bord droit de l'estampe est restauré.

239 **Rembrandt**. Son Portrait au bonnet orné d'une plume. C. 20. Belle ép.

240 — Le Sacrifice d'Abraham. C. 36. Très-belle ép.

241 — Joseph et la Femme de Putiphar. C. 43. Très-belle ép.

242 — Le Triomphe de Mardochée. C. 44. Très-belle ép.

243 — L'Annonciation aux Bergers. C. 48. Très-belle ép.

244 — La Circoncision, morceau gravé d'un très-bon goût et avec beaucoup d'effet. C. 52. Très-belle ép. (*des collections Gawet et Bohm*).

245 — Présentation au Temple. C. 55. Jolie petite pièce. *Très-rare* à trouver de cette beauté.

246 — Le Denier de César. C. 72. Belle ép.

247 — Jésus chassant les marchands du Temple. C. 73. Très-belle ép. du 1er état.

248 — Jésus guérissant les malades, dite : *la pièce aux cent florins*. C. 78. Très-belle ép. du 2e état.

249 — Jésus-Christ en croix. C. 85. Belle ép.

250 — Transport de Jésus-Christ au tombeau. C. 88. Très-belle ép.

251 — Les grands Pélerins d'Emmaüs. C. 91. Superbe ép. avec des barbes.

252 — Le Retour de l'Enfant prodigue. C. 95. Très-belle ép.

253 — Pierre et Jean à la porte du Temple. C. 97. Très-belle ép. du 2e état.

254 — Le Martyre de saint Étienne. C. 100. Très-belle ép.

255 — Saint Jérôme. C. 104. Très-belle ép.

256 — L'Etoile des Rois. C. 115. Superbe ép. très-veloutée (*de la collection Camberlyn*).

257 — Mendiants à la porte d'une maison. C. 173. Très-belle ép.

258 — Femme nue, les pieds dans l'eau. C. 197. Très-belle ép.

259 — Le Paysage aux trois Arbres. C. 209. Très-belle ép.

260 — Faustus. C. 267. Très-belle ép.

261 — Utenbogaerd, dit le Peseur d'or. C. 278. Très-belle ép. (*des collections Graves, Debois et Thorel*).

262 — Le grand Coppenol. C. 280. 5e état.

263 **Rembrandt** (Ecole de). Un Repos en Egypte, effet de nuit. *Claussin, supplément p. 108, n. 11, morceau rare.* Très-belle ép.

264 **Rota** (Martin). Charles Clusius, célèbre botaniste, charmant portrait in-8. Très-belle ép.

265 **Roullet**. La Descente du Saint-Esprit sur les Apôtres. Très-belle ép.

266 **Rousselet**. Cardinal Richelieu, in-8, sans marges.

267 **Rubens**. 2 Pièces de la Parabole de l'Enfant prodigue. Très-belles ép.

268 **Saft-Leven** (Herman). Les quatre Saisons. B. 22-25. Jolie suite de 4 pièces. Très-belles ép.

269 **Schongauer** (Martin). La première des Vierges sages. B. 77. Très-belle ép.

270 — La Seconde des Vierges sages. B. 78. Très-belle ép.

271 — La première des Vierges folles. B. 82. Superbe ép. (*de la collection du comte de*** de Vienne.*

272 **Silvestre** (Israël). Eglise Saint-Laurent. *Très-rare*; ép. avant la lettre.

273 — Eglise Notre-Dame-des-Vertus. *Très-rare*; ép. avant la lettre.

274 — Eglise des Feuillants. Très-belle ép.

275 — Noviciat des Jésuites du faubourg Saint-Germain. Très-belle ép.

276 — Vue de l'Hôtel-Dieu de Paris. *Rare*. Très-belle ép.

277 — Eglise des Quinze-Vingts. *Rare*. Très-belle ép.

278 — Saint-Sulpice. Très-belle ép.

279 — Eglise Saint-Germain-l'Auxerrois. Très-belle ép.

280 — Eglise du Temple. *Rare*. Très-belle ép.

281 — Eglise de la Mercy devant l'hôtel de Guise. *Rare*. Très-belle ép.

282 — Eglise Sainte Elisabeth près le Temple. Très-belle ép.

283 — Les Petits-Augustins du faubourg Saint-Germain. Très-belle ép.

284 — Eglise Saint-Sauveur, rue Saint-Denis. Très-belle ép.

285 — Eglise des Filles Sainte-Marie, rue Saint-Antoine. *Rare*. Très-belle ép.

286 — Eglise des Carmelites du Faubourg-Saint-Jacques. *rare*. Très-belle ép.

287 — Eglise de Ruel. Très-belle ép.

288 — Eglise de Saint-Germain-en-Laye. Très-belle ép.

289 **Silvestre** (Israël). La Fontaine des Innocents à Paris. *Rare*. Très-belle ép.

290 — Hôtel du maréchal Daumont. Ép. superbe.

291 — Le Pont Saint-Michel et la rue Neuve-Saint-Louis. *Rare*. Ép. superbe.

292 — Maison de M. Bretonvillier dans l'île Notre-Dame. Très-belle ép.

293 — Hôtel Vendôme à Paris. Très-belle ép.

294 — Hôtel de Luynes à Paris. Très-belle ép.

295 — Vue de la porte Saint-Denis. *Rare*. Très-belle ép.

296 — Vue du quai de Gesvres et du pont Notre-Dame de Paris. *Rare*. Très-belle ép.

297 — Vue de l'hôtel de Soissons du côté du jardin. *Rare*. Ép. superbe.

298 — Vue d'une partie du Cours et de la Savonnerie. Très-belle ép.

299 — Vue de la Galerie du Louvre et du pont des Tuileries comme il était en 1657. *Rare*. Très-belle ép.

300 — Vue de la partie du Louvre où sont les appartements du Roi et de la Reine. Très-belle ép.

301 — Palais de la reine Catherine de Medicis dit les Tuileries. Très-belle ép.

302 — Les Galeries du Louvre. *Rare*. Ép. superbe.

303 — Vue du cours la Reine. Très-belle ép.

304 — Eglise des Carmes déchaussés et grande Galerie du Louvre. Très-belle ép.

305 — Sainte Chapelle et Chambre des Comptes de Paris. *Rare*. Très-belle ép.

306 **Silvestre** (Israël). Vue du grand couvent des Augustins. Très-belle ép.

307 — Vue de l'Eglise et du Cimetière des Innocents. *Rare*. Très-belle ép.

308 — Vue de l'hôpital Saint-Louis. Très-belle ép.

309 — Hôtel Saint-Paul et Façade des R. P. Jésuites. Très-belle ép.

310 — Vue du Jardin du Roi au faubourg Saint-Victor. *Rare*. Très-belle ép.

311 — Vue du Jardin des Simples au faubourg Saint-Victor. Ép. superbe.

312 — Vue de l'Abbaye Saint-Germain-des-Prés. Ép. superbe.

313 — Eglise des Bernardins à Paris. Très-belle ép.

314 — Abbaye royale des Religieuses de Longchamps. *Rare*. Ép. superbe.

315 — Vue de la Place de Grève et de l'Eglise Notre-Dame. Belle ép.

316 — Palais du Luxembourg du côté du jardin. Très-belle ép.

317 — Jardin de M. Renard aux Tuileries. Très-belle ép.

318 — Vue de la Galerie du Palais-Royal. Très-belle ép. avec l'adresse de Langlois.

319 — Porte de la Conférence ; Vue des Bons hommes ; Pont de l'Hôtel-Dieu de Paris. 3 pièces. Très-belles ép. du 1er état.

320 — Château de Versailles. Ép. superbe.

321 — Château de Chaillot près Paris. Très-belle ép.

322 — Château de Saint-Germain-en-Laye, 3 vues différentes ; la Muette, 4 pièces. Très-belles ép.

323 **Silvestre** (Israël). Vue du Château de Vincennes. Très-belle ép.

324 — Maison de l'Archevêque de Paris à St-Cloud, Parterre, Cascade, etc. 4 pièces. Très-belles ép.

325 — Château et Canal de Chantilly. 2 pièces. Très-belles ép.

326 — Maison royale de Fontainebleau, Escalier du fer à cheval, Grotte rustique, cour des Fontaines, Ville de Moret, etc., 9 pièces. Très-belles ép.

327 — Château de Maison, de Saint-Maur, de Grosbois. 3 pièces. Très-belles ép.

328 — Château de Rincy, 2 Vues différentes. Très-belles ép.

329 — Liancourt, Château, Salle d'eau, Cascades, 4 pièces. Très-belles ép.

330 — Château et Grotte de Meudon. 2 pièces. Très-belles ép.

331 — Châteaux de Madrid, de Villeroy, de Vincennes, 3 pièces. Très-belles ép.

332 — Vue de la Cité d'Alize. Très-belle ép.

333 — Château de Richelieu, de Fremont. 2 pièces. Très-belles ép.

334 — Grotte, Canal et petites Cascades de Vaux. 2 pièces gravées par Perelle. Très-belles ép.

335 — Grotte et grand jet d'eau de Saint-Cloud. 3 pièces gravées par Perelle. Très-belles ép.

336 — Château, Grotte, Cascades de Ruel. 4 pièces gravées par Perelle. Très-belles ép.

337 — Chapelle et Château de Gaillon ; Château de la Rocheguyon en Normandie. 3 pièces. Très-belles ép.

338 **Silvestre** (Israël). Place de Rouen où les Anglais ont fait mourir la Pucelle. Très-belle ép.

339 — Vue du vieux Château de Rouen. Ép. superbe.

340 — Château d'Ancy-le-Franc, Joigny, Notre-Dame de Tonnerre. 3 pièces. Très-belles ép.

341 — Belle cour de Lyon. Très-belle ép.

342 — Partie de la ville de Lyon ; Ville et Château d'Avignon ; Palais Lesdiguières à Grenoble. 3 pièces. Très-belles ép.

343 — Vue et Perspective du Palais du Roi d'Angleterre qui s'appelle Witheal. Très-belle ép.

344 **Solis** (Virgile). Une Pièce ornement de forme ronde ; Dés par Th. de Bry ; un Titre d'ornements par Conrad Reutiman, etc. 6 pièces.

345 **Star** (Van) *dit le maître à l'Étoile*. Jésus appelant à lui Saint Pierre et saint André. B. 3. Très-belle ép.

346 — Jésus tenté par le Démon. 5. Très-belle ép.

347 **Swanveldt** (Herman). Saint-Jean dans le désert. B. 34. Jésus tenté par le démon. 35. 2 jolies petites pièces. Très-belles ép.

348 **Uytenbrouck** (Moïse), Bethsabé. B. 12. Ép. superbe.

349 **Valdor**. Robert Bellarmin. Petit in-4. Très-belle ép.

350 — Thomas Morus, chancelier d'Angleterre ; charmant petit portrait. Très-belle ép.

351 — Le même Personnage; dessin à la plume d'après le portrait précédent. Ce dessin est exécuté avec une habileté merveilleuse, c'est une imitation si parfaite de la gravure, de l'inscription et de l'armoirie qui se trouvent dans la marge du bas, que, placé à côté de l'original, l'œil le plus exercé aurait peine à les distinguer l'un de l'autre.

352 **Vorsterman** (Lucas). Herman-Philippe de Mérode et sa Femme, in-4. Très-belle ép.

353 **Vico** (Eneas) Dante Alighieri. B. 234. Beatrice di Dante. 2 pièces. Très-belles ép.

354 — Le Cardinal Pierre Bembo. B. 242. Très-belle ép.

355 **Waterloo**. Le Rocher percé. B. 3. Le petit Pont de bois tortueux. 6. L'Arrivée des voyageurs à l'auberge. 8. Le Charriot. 15. L'Échelle conduisant à l'eau. 16. 5 pièces. Très-belles ép. (*du cabinet Camberlyn*).

356 — Agar consolée par l'Ange. 132. Très-belle ép.

357 — Elie dans le désert. 136. Superbe ép.

358 **Wierix** (Antoine). Henri IV, roi de France. Rare et superbe ép. du 1er état avant l'adresse de Jérôme Wiérix.

359 — Marie de Medicis, charmant petit portrait. Très-belle ép.

360 — Philippe-Emmanuel de Lorraine, duc de Mercœur. Très-belle ép. d'un joli petit portrait.

361 — Philippe III, roi d'Espagne, charmant petit portrait. Très-belle ép.

362 — Isabelle-Claire-Eugénie, infante d'Espagne, archiduchesse d'Autriche, in-8. Très-belle ép.

363 **Wierix** (Jean). Marguerite, archiduchesse d'Autriche, femme de Philippe III, roi d'Espagne, petit in-4. Magnifique ép. d'un charmant portrait.

364 **Wierix** (Jérôme). Charlemagne en pied; il tient le sceptre et l'épée de la main droite, in-8. *Rare.* Ép. superbe.

365 — Catherine de Medicis, in-4. *Rare.* Ép. superbe.

366 — Jeanne d'Albret, mère de Henri IV, petit in-4. *Très-rare.* Ép. superbe.

367 — Henri III, roi de France, charmant petit portrait. Très-belle ép.

368 — Louis de Bourbon prince de Condé, charmant petit portrait coupé autour de l'ovale. Ép. superbe.

369 — Philippe II, roi d'Espagne. Très-belle ép.

370 — Alexandre Farnèse, duc de Parme et de Plaisance, joli petit portrait. Très-belle ép.

371 — Marnix de Sainte-Aldegonde, in-8. Très-belle ép.

372 — Robert Dudley, comte de Leicester, in-8. *Rare.*

373 — Henri de Lorraine, duc de Guise. Belle ép.

374 — Ignace de Loyola dans un médaillon rond avec entourage ornementé; charmant petit portrait. *Très-rare.* Magnifique ép.

375 — François Borgia, de la Société de Jésus, in-8. Très-belle ép.

376 — Albert, archiduc d'Autriche. Joli petit portrait.

377 — Sainte Famille. Très-belle ép.

378 — Composition religieuse dans laquelle on voit au milieu Jésus en croix. Très-belle ép.

379 — Saint Michel. Saint Bernard. 2 pièces. Belles ép.

380 — Sainte Monique, saint Augustin, par Antoine Wierix. 2 pièces in-8. Très-belles ép.

381 — Jésus-Christ debout sur des nuages. Autre petite pièce sujet religieux.

382 **Wingaerde**. Hercule tuant un lion, d'après Rubens. Très-belle ép.

383 **Woeriot** (P.) Barthelemy Aneau poëte. R. D. 273. Très-belle ép.

384 **Zanetti**. Un Apôtre debout. B. 55. Belle ép. d'un état *non décrit*, avec l'année 1740 exprimée une seule fois.

Renou et Maulde, imprimeurs de la Compagnie des Commissaires-Priseurs, rue de Rivoli, 144. 20731

www.ingramcontent.com/pod-product-compliance
Ingram Content Group UK Ltd.
Pitfield, Milton Keynes, MK11 3LW, UK
UKHW022005260726
13994UKWH00004B/1955

9 782329 485126